Jacqueline

PELENNI LLYGAID
YR
ANGHENFIL

Lluniau gan Stephen Lewis
Trosiad gan Elin Meek
DREF WEN

Roedd Non yn hoffi mynd i'r ysgol.

Roedd Non yn hoffi Celf. Roedd hi'n hoffi peintio llun merch mewn ffrog goch, hir.

Roedd hi'n hoffi peintio ei hewinedd yn goch hefyd.

Roedd Non yn hoffi Amser Stori. Un diwrnod, darllenodd yr athrawes *Y Dyn Bach Sinsir* iddyn nhw. Wedyn cafodd pawb ddyn bach sinsir i'w fwyta.

Mae ei goesau'n rhedeg yn fy mola.

Roedd Non yn hoffi Anna, ei ffrind gorau,
yn fwy na dim.

Roedd rhai pethau gwael am yr ysgol.

Doedd Non ddim yn hoffi'r toiledau.

Doedd Non ddim yn hoffi ei hathrawes yn dweud y drefn.

Yn fwy na dim, doedd Non ddim yn
hoffi Marc. Fe oedd y bachgen mwyaf
yn y dosbarth. Roedd e'n gas.

Rhed, Non!

13

Diolch byth fod ffrind gorau gan Non.

Ond un diwrnod ddaeth Anna ddim i'r ysgol.

Roedd brech yr ieir arni ac

arhosodd hi gartref.

Doedd Non ddim yn teimlo'n hapus heb

Anna. Roedd Marc yn ei phoeni o hyd.

Paid â 'nghicio i.

Aros tan amser chwarae, Non.

15

Doedd Marc ddim yn gallu gwneud dim byd rhy ddrwg yn yr ystafell ddosbarth – ond amser chwarae roedd Non yn disgwyl helynt. Helynt mawr!

Aeth Marc â siocled Non amser chwarae.

Doedd Anna ddim yno i gysuro Non.

Roedd Non yn gweld eisiau Anna'n fawr iawn.

18

Doedd Anna ddim 'nôl yn yr ysgol y diwrnod wedyn – na'r un wedyn – na'r un wedyn.

Doedd Non ddim eisiau mynd i'r ysgol heb Anna.

Dwi'n mynd i gael brech yr ieir hefyd.

Doedd Non ddim yn gallu twyllo ei mam.

Roedd Mam yn gwybod bod Non yn gweld
eisiau Anna.

Rhoddodd Mam farryn siocled mefus
arbennig i Non ei fwyta amser chwarae.

Cuddiodd Non y siocled yn ei phoced. Ond doedd Non ddim yn gallu twyllo Marc.

'Dwi'n llwgu,' meddai. 'Rho'r siocled i mi.'

Mefus. Fy hoff flas.

Rho fe 'nôl. Fe ddyweda i wrth yr athrawes.

Roedd Non eisiau dweud wrth yr athrawes

ond roedd gormod o ofn arni hi.

Os dwedi di, bydda i'n troi pen dy ddoli a'i dorri.

Dywedodd Non wrth Cai,

ei brawd mawr, yn lle hynny.

Dywedodd Cai wrth Marc y byddai e'n troi ei ben yntau.

Dywedodd Marc wrth Aled, ei frawd mawr.

Buodd Cai ac Aled yn ymladd.

Roedd yn rhaid i Cai ac Aled aros ar ôl yn

yr ysgol. Ond fuon nhw ddim yn ymladd

wedyn. Daethon nhw'n ffrindiau mawr.

Roedd Non a Marc yn rhyfeddu.

Roedd Marc yn boendod yn y dosbarth …

… Roedd Marc yn boendod ar y buarth hefyd.

Ffoniodd Non ei ffrind gorau, Anna, i ddweud yr hanes wrthi.

Dere 'nôl, Anna.

'Dwi'n smotiau i gyd ac yn crafu drosta i,' meddai Anna. Mae Mam wedi peintio'r smotiau'n binc, ac wedi peintio fy ewinedd yn binc hefyd.'

Roedd Non yn falch pan ddaeth dydd

Sadwrn.

Doedd dim rhaid iddi fynd i'r ysgol.

Roedd Cai'n falch hefyd.

Roedd hi'n ben-blwydd

arno fe.

Roedd Cai'n cael parti. Roedd wedi gwahodd tri ffrind. Roedd wedi gwahodd Non hefyd. Gwisgodd hi ei ffrog barti arbennig ac roedd hi'n teimlo'n ferch fawr.

Roedd Cai'n gwisgo'i ddillad pêl-droed newydd. A'i ffrindiau hefyd. Aled oedd un o'i ffrindiau. Dyfala pwy ddaeth gydag Aled!

Agorodd Cai ei anrhegion. Roedd wedi cyffroi.

Roedd pawb wedi cyffroi.

Dywedodd Mam wrthyn nhw am fynd i'r ardd i chwarae pêl-droed. Roedd pawb wrth eu bodd.

Roedd Non eisiau chwarae pêl-droed hefyd.

Roedd Non yn dda am chwarae pêl-droed.

Sgoriodd hi dair gôl.

Anghofiodd Non ei bod hi'n gwisgo ei
ffrog barti.

Roedd Mam wedi gwneud te pen-blwydd da iawn. Cafodd Cai deisen bêl-droed arbennig.

Ar ôl te, rhoddodd Mam

gartŵn ar y teledu.

Yna aeth i olchi'r llestri a dangosodd Cai

fideo gwahanol. Stori frawychus iawn am

anghenfil oedd hi.

Roedd Non wedi'i weld o'r blaen.

Roedd hi'n gwybod pryd i gau ei llygaid.

Aeth Mam yn grac pan welodd hi beth roedden nhw'n ei wylio. Diffoddodd y teledu a dweud wrthyn nhw am chwarae gêmau parti. Chwaraeon nhw Mochyn Bach yn Gwichian.

Non oedd y mochyn.

Chwaraeon nhw Lladd yn y Tywyllwch.

Non gafodd ei lladd.

Yna chwaraeon nhw'r Gêm Deimlo. Aeth
pob un i'r gegin yn ei dro, a mwgwd dros ei
lygaid. 'Teimla belenni llygaid yr anghenfil,
Non,' meddai Cai.

Ond roedd Non wedi chwarae'r gêm hon o'r blaen. Roedd hi'n gwybod nad pelenni llygaid yr anghenfil oedden nhw go iawn.

Grawnwin ydyn nhw, nid pelenni llygaid.

Marc oedd yr olaf i gael tro. Doedd e ddim wedi chwarae'r Gêm Deimlo erioed o'r blaen.

Aaaaaaaaaa!

Roedd Marc yn casáu'r Gêm Teimlo!

Dechreuodd Marc grio. Roedd yn rhaid i fam Non roi cwtsh iddo. Roedd Non yn teimlo ychydig bach o drueni drosto.

Wnaeth Marc ddim poeni Non yn yr ysgol ar ôl y parti pen-blwydd. Roedd e'n difaru bod mor gas wrthi cynt. Roedd eisiau bod yn ffrind iddi nawr!

O'r diwedd roedd Anna'n well. Roedd Non yn hoffi mynd i'r ysgol eto. 'Mae Marc yn iawn nawr,' meddai wrth Anna, 'ond os yw e'n boendod eto, dwi'n gwybod beth i'w wneud.'